U0067960

第十一根手指

文 張輝誠　圖 楊念蓁

我有十一根手指。

上幼兒園時，

我才發現我和同學不一樣。

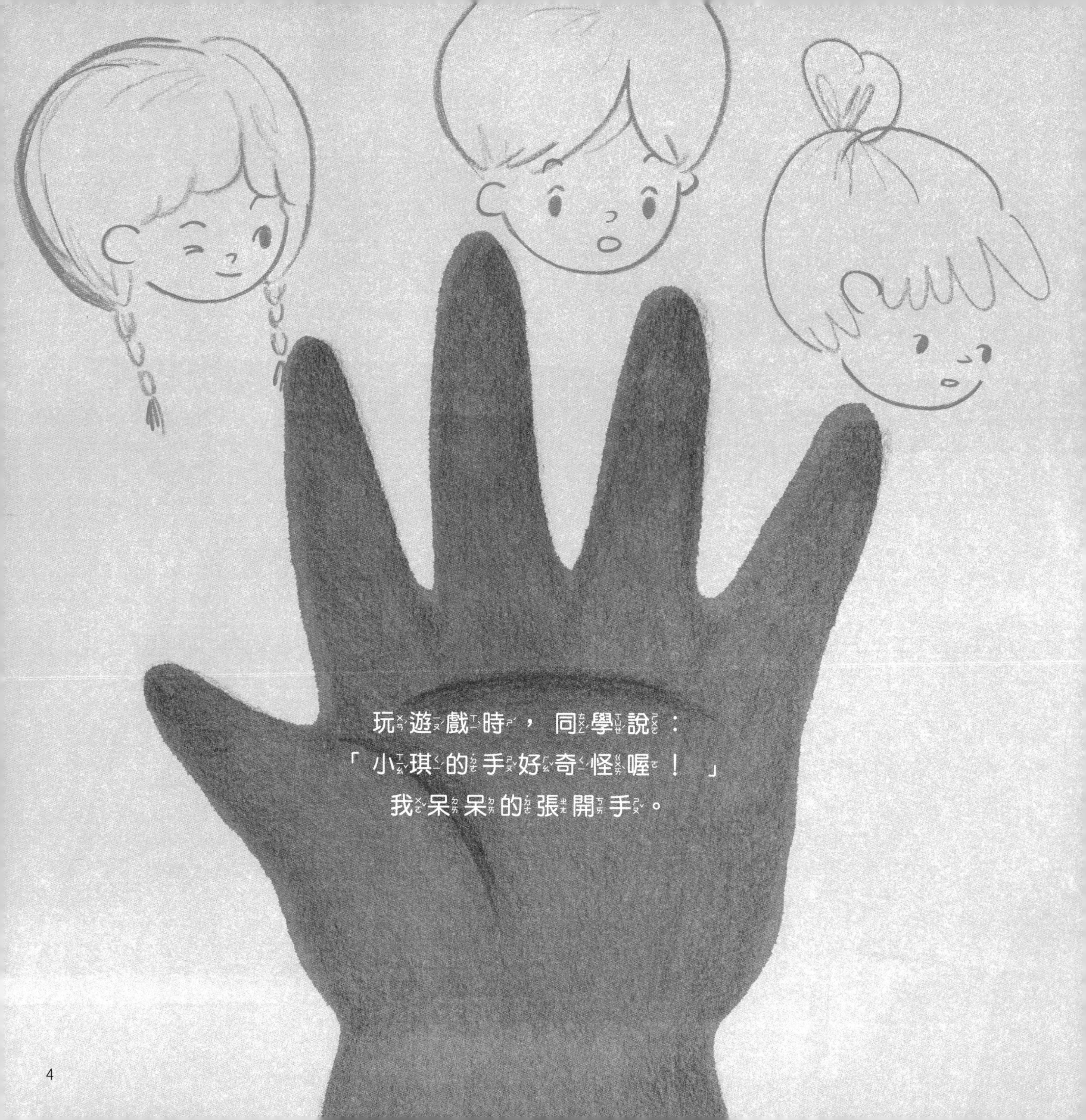

玩遊戲時，同學說：

「小琪的手好奇怪喔！」

我呆呆的張開手。

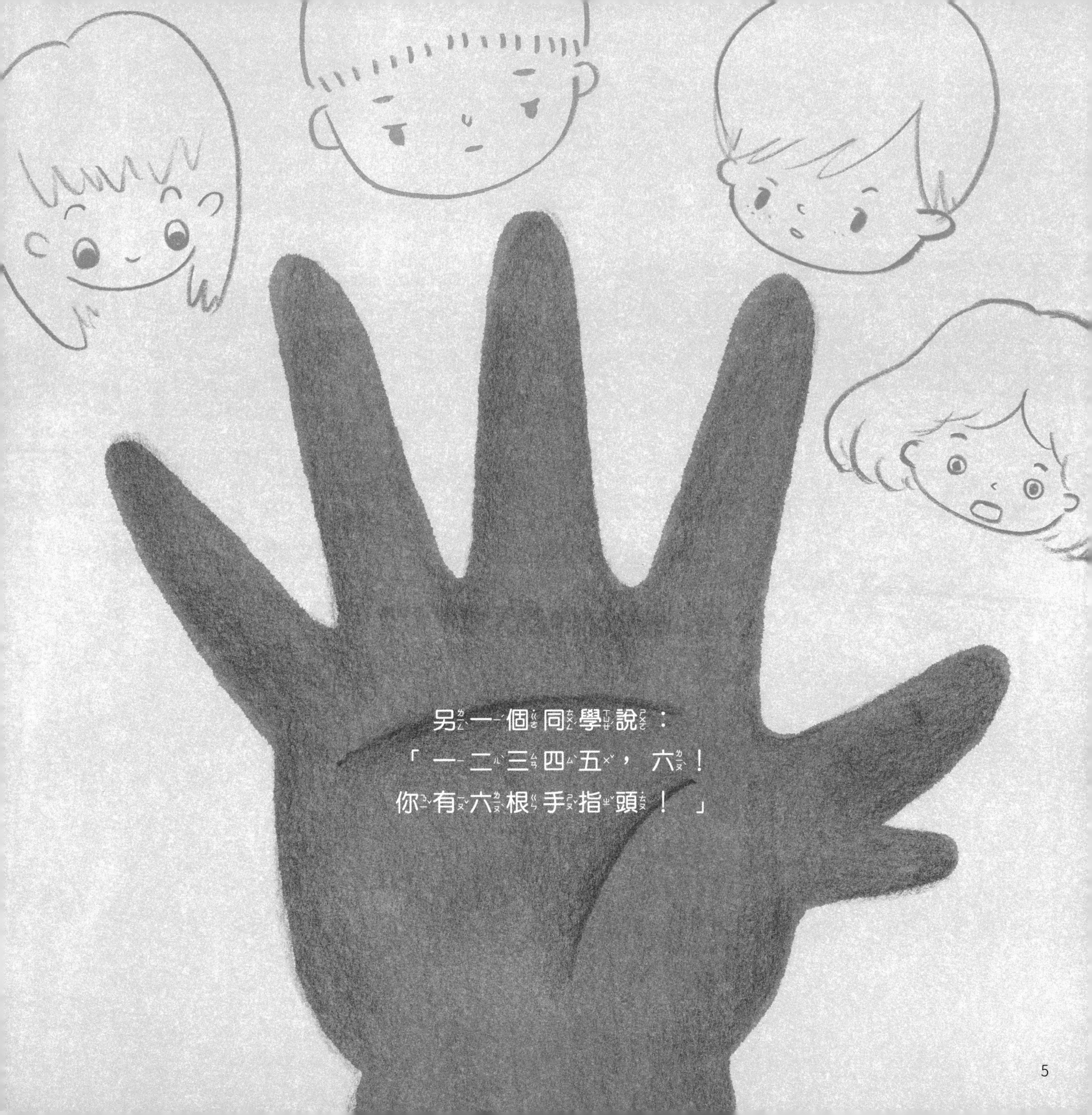

另一個同學說：

「一二三四五，六！

你有六根手指頭！」

我很想和大家一樣，所以我把
右手的大拇指藏起來。

麻煩的是，這樣猜拳經常會輸。

畫畫時，
很難握好筆，
所以圖也畫不好。

吃飯時，　筷子很難拿好，

食物一直滑掉。

這樣做實在太麻煩了，

可是，我不敢鬆開右手。

因為只要一鬆開，我就又和別人不一樣了。

於是，我開始用左手做一切右手可以做的事。

我想和大家一樣。

我想到一個好辦法。
我決定，不管春夏秋冬，
右手都要戴著手套。

秋天到了，老師讓全班同學走出教室，大家一起畫一棵秋天的掌葉楓樹。

老師請大家把收集來的楓葉
貼在紙上。

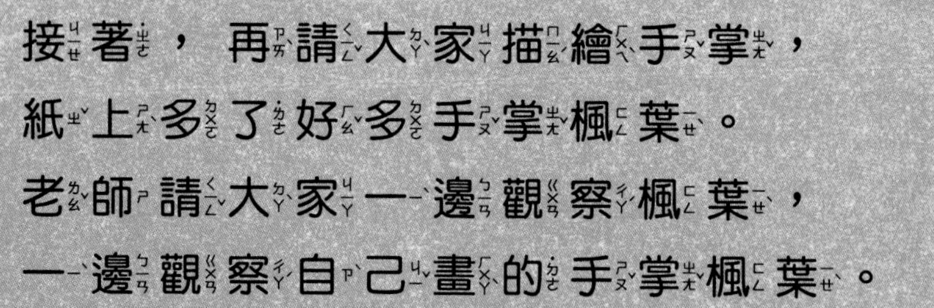

接著，再請大家描繪手掌，
紙上多了好多手掌楓葉。
老師請大家一邊觀察楓葉，
一邊觀察自己畫的手掌楓葉。

我一直煩惱要不要脫下右手的手套。

我發現每一片楓葉都
有七個尖尖的角，
好像和大家畫的手掌
楓葉不太一樣。

這時候，有同學看到我沒有脫下手套，
也沒有畫手掌楓葉。
我很緊張，手套好像突然變透明似的。

老師問我：
「小琪願不願意把手套拿下來，
畫上自己的手掌楓葉？」
我沒有回答，時間好像過了
好幾百年那樣長。

我慢慢把手套脫下來，慢慢描畫了一片六個尖尖形狀的手掌楓葉。

老師指著我畫好的楓葉，

說：「這片手掌楓葉畫得真漂亮。」

小莉說：「對呀！好漂亮。」

樂樂說：「小琪本來就很會畫畫呀！」

我慢慢放下手，感覺我的手在發光。

樂

下課和同學們玩遊戲時，
小誠問：
「小琪，你怎麼不用你的右手猜拳？」
其他同學聽了也點點頭。

我把手套拿下來，
大家喊著猜拳猜拳決勝負……

我贏了。

現在，我不再戴著手套上學，
也不再把右手握得緊緊的。
我是十一根手指的女孩。

作者介紹｜張輝誠

臺灣師大文學博士，曾任臺北市中山女中教師，文學作家，作品曾獲時報文學獎、梁實秋文學獎。曾獲教育部教學卓越獎金質獎，2013 年 9 月開始提倡「學思達教學法」，是臺灣教育圈「隨時開放教室」第一人。

關於學思達

曾任教於臺灣中山女中的張輝誠老師以十多年的時間自創「學思達」教學法，讓課堂成為有效教學的場域，真正訓練學生自「學」、閱讀、「思」考、討論、分析、歸納、表「達」、寫作等一生受用的能力。

臉書「學思達教學社群」目前已有五萬兩千名老師、家長、學生、學者每天進行專業教學討論；「學思達教學法分享平台」(ShareClass) 打破校際藩籬，共享學思達教學講義；三十餘位學思達核心講師群團隊，在全臺灣各地辦理演講、工作坊，分享學思達教學法，更受邀至各地分享經驗，為華人世界的教育革新寫下新頁。

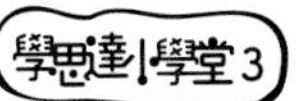

第十一根手指

文｜張輝誠
圖｜楊念蓁

責任編輯｜陳毓書　特約編輯｜游嘉惠　特約美術設計｜蕭旭芳
行銷企劃｜陳詩茵、吳函臻
發行人｜殷允芃　創辦人兼執行長｜何琦瑜
副總經理｜林彥傑　總監｜黃雅妮　版權專員｜何晨瑋、黃微真
出版者｜親子天下股份有限公司
地址｜台北市 104 建國北路一段 96 號 4 樓
電話｜（02）2509-2800　傳真｜（02）2509-2462
網址｜www.parenting.com.tw
讀者服務專線｜（02）2662-0332　週一～週五：09:00~17:30
讀者服務傳真｜（02）2662-6048
客服信箱｜bill@cw.com.tw
法律顧問｜台英國際商務法律事務所・羅明通律師
製版印刷｜中原造像股份有限公司

總經銷｜大和圖書有限公司　電話：（02）8990-2588
出版日期｜2018 年 9 月第一版第一次印行
2021 年 7 月第一版第十一次印行
定價｜300 元　書號｜BKKP0225P
ISBN｜978-957-503-015-5（精裝）

訂購服務
親子天下 Shopping｜shopping.parenting.com.tw
海外・大量訂購｜parenting@cw.com.tw
書香花園｜台北市建國北路二段 6 巷 11 號
電話｜（02）2506-1635
劃撥帳號｜50331356 親子天下股份有限公司
www.parenting.com.tw

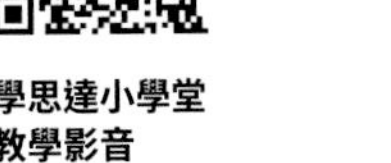